Friedl Hofbauer

Gruselsagen aus Österreich

Bilder von Franz Hoffmann

G&D

www.ggverlag.at

ISBN 978-3-7074-1407-3

In der aktuell gültigen Rechtschreibung

1. Auflage 2012

Illustrationen: Franz Hoffmann
Reihenlogo: Sabine Kranz
Spiel- und Spaß-Seiten: Lisa Gallauner

Printed by Litotipografia Alcione, Lavis-Trento,
über Agentur Dalvit, D-85521 Ottobrunn

Aus Umweltschutzgründen wurde dieses Buch auf
chlorfrei gebleichtem Papier gedruckt.

Inhalt

Der glühende Geist
Steiermark

In der Gegend um Tragöß lebte ein Bauer, der war schon reich, aber er wollte immer noch mehr. Eines Nachts schlich er sich von seinem Hof und ging bis an die Grenze seines Grundstücks, wo der Acker des Nachbarn begann. Dort blieb er stehen und schaute sich um, ob jemand in der Nähe war. Aber es zeigte sich niemand als die Hecken und Bäume und der Mond.

Da packte der Bauer den Grenzstein, der seinen Besitz von dem des Nachbarn trennte, ruckte und zerrte ihn aus dem Erdreich und trug ihn ein gutes Stück in das Feld des Nachbarn hinein. Dann eilte er nach Hause und legte sich zufrieden schlafen.

Der Nachbar merkte bald, dass ihm ein Stück bestes Ackerland abhanden gekommen war. Er ging zu Gericht und

zeigte den reichen Bauern als den Täter an. Aber dieser schwur bei Himmel und Erde und allen Heiligen, der Stein wäre immer dort gewesen, und er beschuldigte sogar den Nachbarn, der hätte ihn selber weggetragen, nur um ihn, den reichen Bauern, zu ärgern.
Als der reiche Bauer starb, fand sich niemand, der sein schönes Land haben wollte, weil es dort spukte.
Jede Nacht nämlich schlich dort ein rot glühender Mann über Äcker und Wiesen, der einen Stein in den Händen trug und immerzu jammerte: „Wohin leg ich den Stein? Wohin leg ich den Stein?"
Der Hof verfiel, die Äcker wurden nicht mehr bestellt, Wiesen nicht gemäht, und das Vieh verlief sich, überall wucherte Unkraut.
Nun wohnte aber in Tragößein junger Bursch, der sich und seinen alten Vater als Taglöhner erhielt. Sie konnten von seiner Arbeit bescheiden leben.

Aber eines Tages verliebte der Junge sich in ein Mädchen und wollte es heiraten. Von dem wenigen, das er im Taglohn verdiente, hätte er jedoch nicht Frau und Kinder erhalten können.
Da fasste er einen Plan. Er ging zu dem Gutsherrn der Gegend, der den verfallenden Hof verwaltete, und sagte: „Gebt mir den Grund und den Hof billig, so dass ich ihn mir noch leisten kann, und ich werde das Gespenst vertreiben."
„Das wäre uns allen nur recht", antwortete der Gutsherr. „Denn dieses Gespenst bringt die ganze Gegend in Verruf. Du bekommst den Hof und allen Grund geschenkt, wenn du den glühenden Geist vertreibst."
In der nächsten Nacht schon ging der junge Taglöhner hinaus auf die verwucherten Äcker, wo der glühende Mann gespensterte.
Er sah, wie der Geist einen schweren Stein schleppte, und hörte ihn jammern:

„Wohin leg ich den Stein?"
„Leg ihn dorthin, woher du ihn genommen hast!", sagte der Bursch.
Da hörte er auch schon einen tiefen Seufzer. Das glühende Gespenst stolperte zu dem Platz, wo es den Grenzstein ausgegraben hatte, als es noch der habgierige Bauer gewesen war.
Dort ließ es den Stein fallen.
Es war erlöst.

Der junge Taglöhner bekam den Hof und die Äcker und Wiesen. Er jätete das Unkraut, heiratete sein Mädchen und nahm seinen alten Vater zu sich ins Haus.
Das glühende Gespenst erschien nie wieder.

Die Stimmen um Mitternacht

Kärnten

Vor sehr langer Zeit gab es in St. Oswald bei Maria Elend eine Fähre über die Drau. Der Fährmann war schon sehr alt, aber er fuhr noch immer bei jedem Wetter über den Fluss.

Wenn er den Ruf: „Hol über!“ hörte, stieg er in sein Schiffchen und brachte die Leute, die ihn gerufen hatten, ans andere Ufer.

Einmal war es schon Mitternacht. Die Drau führte Hochwasser. Da hörte der alte Fährmann Stimmen rufen:

„Hol über!“

Es war eine stürmische Nacht, und der alte Mann wäre lieber in seinem Bett geblieben. Aber er stand auf, ging zu seiner Fähre und machte sie los.

Doch niemand war da, den er hätte hinüberfahren können.

Die Stimmen, die ihn gerufen hatten,

mussten vom jenseitigen Ufer gekommen sein. So fuhr er über die Drau. Ihr Wasser strömte wild, und der Sturm peitschte auf ihn und seine Fähre los, er kam aber glücklich hinüber. Jedoch auch dort sah er niemanden, der auf die Fähre wartete. „Was hab ich gehört?“, dachte der alte Mann. „Ganz bestimmt hat mich jemand gerufen.“

Der alte Fährmann fuhr zum anderen Ufer zurück, band die Fähre fest und ging schlafen.

Am nächsten Morgen war der Himmel wolkenlos blau. Der Fährmann ging zum Fluss hinunter, um nachzusehen, ob sein Fahrzeug bei dem Unwetter vielleicht Schaden genommen hatte.

Aber als er hinkam, war sein Fährboot mit Goldstücken beladen. Da wusste der Fährmann, wer seine unsichtbaren Gäste gewesen waren: Seelen, die die Drau hatten überqueren müssen. Und das Gold war der Fuhrlohn.

Das grausige Geheimnis
Niederösterreich

Vor sehr vielen Jahren lebte auf dem großen Hof Werasöd in der Einschicht ein Bauer. Er war nicht arm, aber er wäre gern reicher gewesen. In der Gegend wächst Holz, aber die Wiesen geben nicht viel her, sie sind leicht sumpfig und sauer. Die Sommer sind kurz dort, und die ganze Umgegend ist ein Schneeloch mit guter Luft und wenig Ernte. Einmal kam ein Sautreiber von draußen aus den Tälern, die sonniger sind und fruchtbarer. Dort hatten die Bauern auch mehr Geld, um Schweine zu kaufen. Der Sautreiber hatte schon alle seine Schweine verkauft, als er eines Abends gegen Werasöd gewandert kam. Er kannte den Bauern von Werasöd, und der kannte ihn von früher, und manchmal verkaufte der Sautreiber ein Schwein auch hier.

Als er an dem Tag vorbeikam, war er müde, und es war schon spät. Das nächste Gasthaus schien ihm zu weit für seine müden Beine. So fragte er bei dem Bauern um ein Nachtlager an und um ein Nachtessen.
Er bekam auch beides. Sie saßen noch zusammen und redeten, als das Gesinde und die Bäuerin schon schlafen gegangen waren. Sie redeten über das Wetter und über die Viehpreise, und der Bauer fragte: „Hast viele Schweine verkauft?"
Der Sautreiber schlug sich an den Hosensack, wo sein Geldbeutel gleich zu klingeln anfing, und sagte: „Diesmal waren ein paar fette Säue drunter."
Dem Bauern kam ein Gedanke, vor dem es ihm plötzlich selber graute, aber er konnte ihn nicht abschütteln. So kann es einem Menschen gehen, wenn er in einem fremden Hosensack Geld klingeln hört.

Der Sautreiber ist nie im nächsten Ort angekommen, und kein Mensch hat ihn mehr gesehen. Die Magd hat später erzählt, dass sie in der Nacht, in der der Sautreiber da war, einen Schrei gehört hat. Und der Knecht hat im Schuppen anderntags einen Spaten gefunden, der war voll frischer Erde. Aber das ist ihnen erst später aufgefallen. Der Bauer jedenfalls hat auf einmal Geld gehabt und hat jedem, der es wissen wollte, erzählt, dass der Sautreiber schon ganz früh am Morgen aufgestanden und weitergewandert sei. Nicht einmal ein Frühstück habe er essen wollen.
Sie haben es ihm nicht geglaubt, denn der Bauer war seit dieser Nacht nicht mehr der Alte. Zusammengefahren ist er beim geringsten Geräusch, und umgeschaut hat er sich manchmal, als wäre ein Gespenst hinter ihm her.
Gesagt hat keiner, was er sich gedacht hat. Aber das Gesinde hat sich verlaufen,

und die Bäuerin ist auch bald gestorben. Vielleicht hat sie was gewusst, das ihr das Herz abgedrückt hat.
Der Bauer hat sich, allein wie er war, nicht mehr um den Hof gekümmert. Mit den Brennnesseln hat es angefangen, die plötzlich überall gewachsen sind, an der Hausmauer und bis in die Wiesen hinein. Alles haben sie überwuchert, und der Bauer hat nicht den Mut gehabt, sie auszuroden.
Der Bauer ist weggezogen und irgendwo verschollen. Aber bis heute reden die Leute in der Umgegend von dem Sautreiber, der dort seines Geldes wegen umgebracht worden ist.

Der Totenvogel
Burgenland

Ein alter Pfarrer im Pinkatal war schon lange Zeit sehr schwach und konnte sein Zimmer nicht mehr verlassen. Da saß er im Lehnstuhl und dachte über sein Leben nach und meinte, es sei doch schön gewesen. Denn er erinnerte sich, dass er mit seinem Rat und viel Geduld und Liebe einigen Menschen hatte helfen können. Manchmal brachte eine Bäuerin der Pfarrersköchin ganz frische Eier für den Pfarrer, oder irgendwer aus dem Dorf brachte Obst oder ein Stück Wurst, und wenn der Pfarrer einen guten Tag hatte, durften die Besucher ein wenig zu ihm hineingehen und ihm erzählen, wie es so ging: mit den Kindern und den Eltern und dem Getreide und dem Kukuruz und den Rüben. Und der Pfarrer hatte, auch wenn er oft schon sehr müde war, ein freundliches Wort, und noch

immer ging so mancher, der traurig zu ihm gekommen war, getröstet fort.
Dann kam aber eine Zeit, da keiner mehr zu ihm hineindurfte, um ihn nicht in seinem Schlummer zu stören, der den altersschwachen Pfarrer nun oft auch tagsüber befiel.
Eines kalten Wintermorgens erwachte der Pfarrer aus einem friedlichen Schlummer und hörte es aus dem Kamin klopfen. Das Klopfen wurde immer lauter.
„Herein!", sagte der Pfarrer.
Da kam ein kohlschwarzer Vogel aus dem Kamin herausgekrochen.
„Ach", sagte der Pfarrer, „das ist doch der Totenvogel!" Aber er fürchtete sich nicht. Denn der Vogel kam freundlich auf ihn zugehüpft und guckte ihn aus klugen Augen an.
„Ich weiß", sagte der Pfarrer zu ihm. „Du wirst mich noch ein paar Mal besuchen, bevor ich hinübergeh mit dir. Es freut

mich, dass du mich im meiner Einsamkeit nicht allein lässt. Denn weißt du, meine Köchin erlaubt niemandem mehr, mich zu besuchen. Die meint es gut, und sie hat Recht. Denn ich bin schon sehr müde. Ich höre auch schon schlecht und kann nicht mehr richtig sehen. Wenn dann Leute kämen, um mir was zu erzählen, möcht ich sie nicht kränken, weil ich ihnen gar nicht mehr richtig zuhören und sie nicht mehr recht sehen kann."

Der schwarze Vogel nickte, als ob er das verstünde, und aß auch alles auf, was der Pfarrer nicht mehr essen konnte. Und der Pfarrer war froh, dass nun nichts mehr auf dem Speisebrett übrig blieb. Denn die Pfarrersköchin hätte sich gekränkt, dass der Pfarrer fast nichts mehr essen konnte.

Der schwarze Vogel erschien nun jeden Tag. Er kam aus dem Ofen, nickte, teilte des Pfarrers Mahlzeiten und zeigte ihm seine schönen glänzenden schwarzen

Federn. Abends hüpfte er wieder in den Kamin zurück.
Die Pfarrersköchin, die immer wieder nach dem Pfarrer sehen kam, gewöhnte sich an den schwarzen Vogel, mit dem der Pfarrer freundlich redete. Sie dachte nicht darüber nach, woher das Tier gekommen war. Wahrscheinlich kam es zum Fenster herein, das manchmal ein wenig offen stand. „So hat der Pfarrer doch eine kleine Zerstreuung“, dachte sie und ging wieder.
Einmal, als sie an der Zimmertür vorüberging, hörte sie drinnen ein leises, wehklagendes Krächzen. Sie ging hinein und sah den Pfarrer schlafend dasitzen und lächeln. Der schwarze Vogel saß auf seiner Schulter und krächzte ihm leise ins Ohr. Die Pfarrerköchin dachte, dass alles in Ordnung wäre, und wollte schon aus dem Zimmer gehen. Aber da krächzte der Vogel laut auf, so laut, dass sie sich umwandte. Und da sah sie, dass der

Pfarrer sanft entschlafen war.
Als der Pfarrer begraben wurde und die Dorfleute betrübt an seinem Grab standen, sah man den Vogel in der Nähe auf einem Grabstein sitzen, und dann hörten sie ihn so jammervoll krächzen, dass alle Trauernden laut weinen mussten.
Der Vogel saß bis spät in der Nacht auf dem Grabstein. Am Morgen war er verschwunden. Die Leute sagten, das sei der Totenvogel gewesen, der ihrem gütigen Pfarrer das Sterben leicht gemacht hatte.

Der Türmer von St. Stephan
Wien

In einer kleinen Stube hoch oben im Turm von St. Stephan saß schon seit alten Zeiten ein Türmer und hielt Ausschau.
Er meldete Feuer, wenn es irgendwo in der Stadt brannte. In Kriegszeiten aber konnte er sehen, wenn fremde Heere sich näherten, und meldete auch das.
Gab es aber nichts, was der Türmer hätte melden können, fühlte er sich oft recht einsam. Da redete er dann mit den Turmfalken und den Fledermäusen.
Zu der Zeit, als an dem oberen Teil des Stephansturms noch gebaut wurde, kamen Steinmetzen, Maurer und andere Handwerker in die Türmerstube, um dort in Arbeitspausen Rast zu halten. Diese Bauleute sollen, wie es heißt, neben der Türmerstube eine kleine Kegelbahn eingerichtet haben.
Wie sich von selbst versteht, sah der

Türmer nicht nur zu, wenn andere kegelten, sondern erwarb sich eine solche Geschicklichkeit beim Kegelspiel, dass er ein Meisterkegler wurde und so bald keiner ihm darin über war.
Eines späten Abends, als die Bauarbeiter schon nach Hause gegangen waren, saß der Türmer von St. Stephan allein in der Türmerstube. Da merkte er auf einmal, wie still es um ihn war, und es wurde ihm bang. Und er wusste nicht, warum. Er war ja schon oft allein in seiner Stube gesessen. Doch nun musste er plötzlich denken: „Da sitz ich fast ein Leben lang hier heroben im Turm. Gewiss hab ich manches Feuer gemeldet und manche Kriegsgefahr, aber die meiste Zeit hab ich doch nur mit den Spinnen und Fledermäusen und den Vögeln geredet. Die können mir auch nichts Neues mehr sagen. Und die Bauleute gehen jeden Abend nach Haus zu ihren Frauen und Kindern. Ich aber werde bald ein alter

Mann sein, der nichts kann als alle Neune treffen."
Aber bald wies der Türmer von St. Stephan so trübe Gedanken wieder von sich, stand auf und ging in die kleine Kegelbahn nebenan, um wieder einmal ein paar gute Würfe zu tun. Er kegelte und kegelte, und fast immer traf er alle Neune.
Plötzlich fiel ihm ein, er hätte schon eine Weile nicht Ausschau gehalten, ob in der Stadt und um die Stadt alles in Ruhe und Ordnung wäre. So kehrte er zurück in die Türmerstube, trat an jedes der Fensterchen und blickte nach allen vier Himmelsrichtungen. Da lag die Stadt, und da lagen der Kahlenberg und die anderen Hügel um Wien still und ruhig, und die Donau schimmerte im Mondschein, als wäre sie ein silbernes Band.
Als er aber auf den Platz vor dem Dom und die Kreuze des Stephansfriedhofs

hinunterblickte, sah er eine graue Gestalt zwischen den Gräbern wandeln. Sie war in einen weiten grauen Mantel gehüllt und kam auf den Fuß des Turmes zugegangen. Dort verschwand sie.
„Die Pest kanns nicht sein“, dachte der Türmer, denn er hatte die Pest schon einmal von seinem Ausguck gesehen. Sie war kleiner und zerlumpt, hatte strähnige Zotteln und hinkte. Sie hatte den Türmer damals verschont, vielleicht weil er ihr zu hoch oben saß. Die Gestalt im grauen Mantel aber, die er nun vom Fenster aus erblickt hatte, war dahergekommen wie ein Herr.
Plötzlich ging die Tür zur Türmerstube auf und die graue Gestalt kam herein. Da erkannte der Türmer, dass es der Tod war.
„Ich möchte mit dir kegeln“, sagte der Tod. „Ich bin ein Meisterkegler. Ich schiebe immer alle Neune.“
„Und sonst willst du nichts?“, fragte der Türmer und schluckte seine Angst hinunter.

Der Tod stellte die Kegel auf und sagte: „Fang an, Türmer!"
Der Türmer nahm die Kugel und wog und wiegte sie in der Hand. Dann holte er aus, ließ die Kugel rollen und traf alle Neune.
„Jetzt stellst du die Kegel auf", sagte der Tod. Er wandte sich ab und blickte zum Fenster hinaus.
Der Türmer war zeit seines Lebens ein ehrlicher Mann gewesen und hatte noch nie jemand betrogen. Aber nun hatte er solche Angst, dass er gar nicht mehr recht wusste, was er tat. Er nahm einen der neun Kegel und warf ihn aus dem Fenster. „Jetzt kann er nur noch acht treffen", dachte er. „Er wird schon nicht so genau hinsehen."
Aber der Tod hatte es sehr wohl bemerkt. Er tat jedoch, als hätte er nichts gesehen, ergriff die Kugel und holte aus.
Er traf alle acht Kegel – und dazu den Türmer, der als neunter Kegel umfiel und

dann wie tot am Boden lag.
„Den Tod betrügt man nicht“, sagte der Tod. „Aber deine Zeit ist noch nicht um. Mich siehst du nicht so bald wieder, denn ein Höherer, als ich es bin, würde mirs ankreiden, wenn ich dich jetzt schon holte. Ich wollte wahrhaftig nur mit dir um die Wette kegeln. Lebwohl!“
Als der Türmer wieder zu sich kam, schmerzte ihn der Kopf. Langsam erinnerte er sich, was geschehen war. Die Sonne schien zum Fenster herein wie an jedem schönen Tag, und das Leben in der Stadt unten erwachte.
Der Türmer hat sein Erlebnis mit dem Tod oft weitererzählt, aber niemand glaubte ihm so recht. Und als er dann viele Jahre später wirklich starb, hat man seine Geschichte ganz anders erzählt – nämlich dass der Tod den Türmer damals sogleich geholt hat. Aber das kann nicht stimmen. Denn der Tod ist nicht der Meister des Lebens, und das weiß er.

Das falsche Gespenst
Salzburg

Einmal hat irgendwo im Salzburgischen ein Pfarrer von der Kanzel gepredigt, dass einer, der was gestohlen hat, gar nicht erst zu ihm kommen brauche um die Lossprechung, bevor er nicht das Gestohlene zurückgegeben hat.
In der Kirchengemeinde saß aber einer, der einen Sennkessel gestohlen hatte und dem nun gar nicht wohl zu Mute war. Er wollte also den Kessel zurückgeben, wusste aber nicht wie, denn er wollte dabei ja nicht erwischt werden. Endlich fiel ihm ein, wie er das zu Wege bringen könnte. Er verkleidete sich als Gespenst und erschien um Mitternacht auf dem Hof des Bauern, dem er den Kessel entwendet hatte. Dort klopfte er an die Haustür und fing jämmerlich zu winseln an.
Der Bauer öffnete erschrocken, sah das

Gespenst mit seinem Sennkessel in der Hand und erschrak noch mehr.
Da fing der Geist zu reden an und sagte: „I muass umgehn, weil i dein Sennkessel gestohlen hob. Und i muass so lang umgehn und geistern und bei dir klopfen, bis i den Kessel zruckgeben hob."
„Behalt ihn", sagte der Bauer zu dem Geist, „zahlt sich doch nicht aus, wennst d' wegen einem Kessel geistern muasst!", denn er wollte den Geist möglichst rasch von seinem Hof weghaben.
Das Gespenst geisterte daraufhin eilig fort.
Zu Ostern beichtete der Mann dem Pfarrer, er hätte einen Sennkessel gestohlen, und als er ihn hätte zurückgeben wollen, wäre der ihm geschenkt worden. Und so kriegte er seine Lossprechung.
Nach seinem Tod aber, so erzählen die Leute im Dorf, hätte er mit dem Sennkessel wieder geistern müssen.

Angst in der Mühle
Oberösterreich

An einem Waldbach im Mühlviertel stand einmal einsam eine Wassermühle. Darin wohnte ein Müller mit seiner Frau und einem kleinen Sohn, und ein zweites Kind sollte bald kommen. Eines Tages musste der Müller in den nächsten Ort hinunter, um beim Bäcker zwei Sack Mehl abzuliefern. Er stand vor der Mühle und belud damit seinen Esel. Der schüttelte immerzu den Kopf und schlug mit dem Schwanz, weil es an diesem Tag besonders viele Fliegen gab.
„Komm!“, sagte der Müller zu seinem Esel. Aber der Esel wollte nicht gehen und bockte. Dann schrie er laut: „Iii – aaaa!“
Da öffnete sich ein Fensterchen oben in der Mühle, und die Müllerin schaute heraus und rief ihrem Mann zu:
„Komm bald wieder, mir ist so ungut

heute. Mir ist richtig angst! Vielleicht kommt ein Unwetter, die Fliegen sind so lästig und blitzen ganz unheimlich."
„Der Bäcker wartet aufs Mehl, und die Leute warten aufs Brot", sagte der Müller freundlich. „Aber ich werde mich beeilen!"
„Ich weiß", antwortete die Müllerin aus dem Fensterchen herunter. „Aber mir tut der Kopf so weh, und die Angst klopft und klappert in mir noch lauter als das Mühlrad! Ich halts nicht aus!"
„Ich verspreche dir, ich bin bald zurück, Liebste!", rief der Müller. „Und bis dahin stell ich das Mühlrad ab, damit dich das Klappern nicht stört."
Er lief und stellte das Mühlrad ab, und der Esel nickte mit dem Kopf. Und als der Müller zurückkam und sagte: „Komm, Grauer", ging das Tier mit den zwei schweren Säcken auf dem Rücken dem Müller voraus den Waldweg hinunter.
Als der Müller sich noch einmal

umwandte, um seiner Frau zu winken, sah er seinen kleinen Sohn mit einem Beerenkörbchen aus der Haustür laufen. „Gut“, dachte der Müller. „Er sucht für seine Mutter Beeren, die werden sie erfrischen.“ Dann wandte er sich ab und lief seinem Esel nach.

Während der Kleine im Wald Beeren pflückte, kam unversehens eine Frau daher. Sie kam von einem Nachbargehöft gegangen, eine halbe Stunde weit. Sie trug ein Bündel in der Hand.

Die Müllersfrau stand noch oben an ihrem Fensterchen. Als sie die Nachbarin daherkommen sah, rief sie freundlich hinunter: „Kommt Ihr mich besuchen? Das freut mich. Mein Mann ist mit dem Mehl und dem Esel zum Bäcker gegangen, er wird nicht so bald zurückkommen.“

„Ich weiß“, antwortete die Nachbarin und blieb unten vor der Mühle stehen. „Ich hab ihn von weitem gesehen, wie er

mit seinem Esel hinunterging.
Da dachte ich, der wird wohl nicht vor dem Abend heimkommen und das arme Frauchen ist so lang allein, und man kommt leicht auf trübe Gedanken, wenn man ein Kindchen erwartet wie Ihr.
‚Ich bring ihr einen Kuchen', dachte ich, ‚und einen Schluck Birnenschnaps, damit das Kindchen schöne Augen kriegt.'"
„Ihr seid so freundlich", sagte die Müllersfrau zu der Nachbarin. „Kommt doch herein, ich glaube, unser Kleiner hat die Haustür offen gelassen."
„Ich hab ihn gesehen", antwortete die Nachbarin. „Ein freundlicher Bursch, der sogar grüßen kann."
„Er wollte Himbeeren für mich pflücken", sagte die Müllersfrau.
„Ich weiß", antwortete die Nachbarin. „Er hat es mir gesagt. Ich habe ihn auch zu meinem geheimen Beerenplatz geschickt. Der ist zwar ein bisschen weit weg, aber so reife Beeren findet er sonst

nirgends!", sprach die Nachbarin und trat in die Mühle.
Kurze Zeit später saßen die beiden Frauen in der Küche am Tisch, auf den die Müllersfrau zu Ehren des Gastes sogar ein Tuch gebreitet hatte. Die Nachbarin setzte sich nieder, knüpfte das Bündel auf, und da war ein frisch gebackener Kuchen drin und ein Fläschchen voll Birnenschnaps.
„Gebt mir ein Messer, dass wir den Kuchen anschneiden können", sagte die Nachbarin, und die Müllersfrau nahm eines aus der Lade.
„Gebt es mir!", sagte die Nachbarin. Aber anstatt den Kuchen anzuschneiden, stand sie plötzlich mit dem erhobenen Messer dicht vor der erschrockenen Müllersfrau und sagte:
„Ich will Euer Geld, Müllerin. Gebt es mir, dann geschieht Euch nichts und dem Kindchen in Eurem Leib auch nicht. Aber wehe Euch, wenn Ihrs nicht tut!" Und sie

drohte mit dem Messer. Die Müllersfrau schickte ein Stoßgebet zum Himmel und antwortete:
„In der Messerlade ist kein Geld, und bei den Töpfen im Küchenkasten auch nicht. Wir haben das Geld drüben, in der Schlafstube!" Das Herz klopfte ihr dabei so laut, und die Ohren dröhnten ihr, dass sie dachte, das Mühlrad liefe wieder, und sie öffnete die Stubentür.
Die gierige Nachbarin stieß die Müllersfrau beiseite, um nur ja schnellstens in die Stube zu gelangen.
Da war es der Müllerin, als hörte sie die Stimme eines guten Geistes flüstern:
„Schließ die Tür ab! Sperr die Raubersfrau ein!"
Da warf die Müllerin die Tür zu und drehte den Schlüssel um, und nicht nur einmal, sondern so oft es ging.
Dann wankte sie zurück in die Küche und guckte aus dem Fenster, ob nicht vielleicht ihr Mann schon heimkäme.

Aber sie wusste, er würde nicht heimkommen, ehe die Sonne schräg hinter dem alten Tannenbaum stand. Die Müllersfrau spähte trotzdem immer wieder nach ihm aus, und endlich sah sie ihren Mann daherkommen. Aber den Esel hatte er nicht mit. Und als der Mann näher kam, da sah sie, dass es nicht der Müller war, sondern der Mann der Nachbarin. Die Müllerin erschrak so heftig, dass sie sich am Fenster festhalten musste. Denn was wollte der da?! „Er weiß genau, was seine Frau bei mir will“, dachte die Müllerin voll Angst, „er hat sie wahrscheinlich selber hergeschickt!“ So war es auch. Der Nachbar hatte seine Frau hergeschickt, um die einsame Müllerin auszurauben. Aber weil sie so lange nicht zurückkam, geriet er in Sorge, es könnte ihr etwas zugestoßen sein, und kam nun, um nach ihr zu sehen. Die Müllerin war bei seinem Anblick zuerst wie gelähmt vor Schreck, aber

dann lief sie die Treppe zur Haustür hinunter, um sie abzusperren. Da sah sie ihr Söhnchen mit den Himbeeren kommen.
„Lauf!“, rief sie. „Lauf ins Dorf und hol den Vater! Lauf!“
Der Kleine verstand nicht gleich, was die Mutter wollte, und blieb stehen. Aber der Nachbar, der schon ganz nahe herangekommen war, verstand es wohl. Er sprang hin, packte das Kind und hielt es fest.
„Lasst die Haustür offen, Frau Müllerin!“, rief er, „damit ich hineinkann. Sonst schmeiß ich den Kleinen in den Mühlbach!“
Der Müllerin war, als drehe sich ihr Herz um, und sie sank an der offenen Haustür ohnmächtig nieder.
Der Nachbar lachte ein böses Lachen, packte den Buben fester und sagte: „Du wirst deinen Vater nicht mehr holen, du Bengel!“ Und er lief zum Mühlbach und warf das Kind hinein.

Wie es dann wirklich zugegangen ist, weiß man nicht genau. Vielleicht hat die Kraft, mit der der Nachbar das Kind ins Wasser warf, ihn selber mitgezogen, oder war er zu nahe ans Mühlrad gekommen – jedenfalls hat das stumme Mühlrad sich plötzlich zu drehen begonnen. Und der Nachbar geriet hinein, und das Mühlrad schlug ihn tot.

Als der Müller nach Hause kam, saß seine Frau weinend vor der Mühle und konnte kaum reden. Und sein kleiner Sohn saß klitschnass daneben. Er war nicht im reißenden Mühlbach ertrunken, sondern der hatte ihn hinter der nächsten Biegung ans Ufer geworfen.

Der Müller führte Frau und Kind voll Liebe ins Haus und die Treppe hinauf. Als er oben die Stubentür aufschloss, um die beiden zu Bett zu bringen, kam die Nachbarin mit irren Blicken herausgestürzt, polterte die Treppe hinunter und rannte aus dem Haus.

Sie hatte aus dem Stubenfenster gesehen, was ihr Mann getan hatte und was mit ihm geschehen war, und war darüber verrückt geworden. Niemand in der Gegend hat sie jemals wieder gesehen.

Der geheimnisvolle Berggeist
Tirol

In der Höttinger Au bei Innsbruck stand einmal eine Hütte, darin wohnte eine Witwe mit ihren zwei Kindern.
Einmal mussten die Kinder in den Wald um Brennholz gehen, und die Mutter sagte: „Bringt auch Moos mit, damit wir die Ritzen in der Wand verstopfen können, und ein paar Zapfen zum Unterzünden!“ Sie gab ihnen einen Sack, in den sie das Moos und die Zapfen hineintun sollten, und jedes Kind bekam einen Apfel mit und ein Stück Brot.
„Bleibt nicht zu lang aus“, sagte die Mutter. „Jetzt scheint noch die Sonne, aber bald wird Nebel einfallen. Jetzt im Spätherbst wird es auch früh finster. Kommt bald zurück. Und Gott behüt euch!“
Draußen war wunderschöner Sonnenschein, und die Kinder gingen

fröhlich in den Wald. Sie fanden Fallholz genug und machten daraus feste Bündel, so leicht und so schwer, dass jeder gerade noch eins tragen konnte. Den Sack stopften sie voll mit Zapfen und Moos, denn sie wussten, wie es ist, wenn der Winterwind durch die Ritzen der Hüttenwände pfeift.
Weil sie immer wieder stehen blieben, wo das schönste Moos war, brauchten sie länger, als sie gedacht hatten. Nebel fiel ein, und dann begann es leise zu schneien.
Die Kinder verloren bald den Weg. Sie stapften durch den Schnee und dachten daran, wie die Mutter sich ängstigen würde, wenn sie nicht heimkämen, und wollten um alles in der Welt rasch nach Hause finden.
Sie fanden aber nicht nach Hause.
Als sie nicht mehr weiterkonnten, stand plötzlich eine Almhütte vor ihnen, aus der fiel ein Lichtschein. In der offenen

Tür stand ein kleiner Mann. Eigentlich wars nur ein Männchen. Genau genommen wars ein schneeweißer Bart mit einem Männchen dran. Und das Männchen rief den Kindern zu:
„Schnell herein, dass uns die Wärme nicht auskommt!“
Da liefen die Kinder zu der Hütte hin und stolperten über die Türschwelle.
Drinnen wars warm. Das Männlein huschte dahin und dorthin und brachte den Kindern zu essen und heiße Milch.
Es sah dem Großvater ähnlich, der im Vorjahr gestorben war.
Die Kinder, die nicht gleich jedem Fremden zugingen, fassten Vertrauen und aßen und tranken. Nahe beim Ofen stand ein Bett. Darauf lagen Federtuchenten, wolkig und weiß wie Schnee.
„Legt euch nur schlafen“, sagte das Männlein mit dem schneeweißen Bart.
„Heut lass ich euch nicht mehr nach Hause

gehen. Und morgen bei Sonnenschein zeig ich euch den Weg, auf dem ihr heimfindet. Macht euch keine Sorgen, dass eure Mutter sich ängstigt. Sie wird sicher denken, dass ihr wo untergeschlüpft seid."

Am nächsten Morgen schien die Sonne, und nach einem guten Frühstück nahmen die Kinder ihren Sack voll Moos und Zapfen und die Bündel mit Brennholz. Das Männlein schenkte ihnen noch einen Laib Brot dazu und zeigte ihnen den Weg nach Hause.

Als die Kinder heimkamen, saß da die Mutter und war ganz blass und verweint. „Da seid ihr endlich!", rief sie. „So viele Nächte hab ich um euch geweint! Aber jeden Tag hab ich aufs Neue gehofft und auf euch gewartet."

„So viele Nächte? Aber wir waren doch nur eine einzige Nacht fort!", sagten die Kinder und erzählten der Mutter, wie alles gewesen war.

„Der kleine Mann war der Berggeist, der Almbutz“, sagte die Mutter. „Der hat auf euch Acht gegeben.“
Da gaben ihr die Kinder den Laib Brot, den der Almbutz ihnen geschenkt hatte. Die Mutter schnitt gleich jedem eine Scheibe davon ab, und das schmeckte so gut, wie nur Brot schmecken kann, das ein guter Geist selber gebacken hat.
Das Brot wurde nie weniger, so viel sie auch davon abschnitten. Aber als eines der Kinder einmal fragte: „Wieso wird das Brot nie kleiner?“, da wurde es auf einmal kleiner mit jeder Schnitte, die sie aßen, und es war so wie bei jedem Brot.

Das Spukschloss
Vorarlberg

Das Schloss Schönberg in Rankweil soll einmal einem Bäckermeister dieses Orts gehört haben. Selber wohnte er nicht drin, aber er vermietete ein paar Räume im Schloss, die noch bewohnbar waren. Es fanden sich auch immer wieder Leute, die dort wohnen wollten. Aber alle zogen sie bald wieder aus. „Es spukt im Schloss", hieß es. „Es spukt und gespenstert."
Der Bäckermeister selber glaubte zwar nicht recht an Gespenster, aber er hätte doch gern genauer gewusst, wie es wirklich war. So schickte er einen seiner Bäckergesellen ins Schloss hinauf. Der Bursch sollte dort in irgendeinem der Räume übernachten. Am nächsten Morgen sollte er dann zurückkommen und berichten, ob er Gespenstern begegnet sei oder nicht.

Der Bäckergeselle ging also am Abend ins Schloss hinauf und suchte sich dort einen Schlafplatz. Kaum hatte er sich niedergelegt, fing es auch schon überall zu knacken an. Dann rumpelte es hinter der Tür, und gleich darauf rüttelte jemand am Fenster.
Der Bäckergeselle setzte sich auf und schaute sich zitternd um. Da sah er zwar nichts, wovor er hätte erschrecken können, aber es wurde ihm so unheimlich, dass er aufsprang und davonrannte.
Und dabei war es noch nicht einmal Nacht!
„Keine zehn Rösser bringen mich dort noch einmal hinauf!“, rief der Bursch seinem Meister zu. „Mir stehen die Haare jetzt noch zu Berg.“
„Du schaust wahrhaftig aus, als hättest du ein Gespenst gesehen“, sagte der Bäckermeister. „Hast du eins gesehen? Wie siehts aus?“
„Gesehen hab ichs nicht“, antwortete

der Bursch. „Gespenster sind doch nicht immer sichtbar. Aber so ein Gerumpel und Geschepper kann nur ein Gespenst machen. Und wenn Ihr mich aus dem Dienst jagt, aufs Schloss hinauf geh ich nie wieder!“
Der zweite Geselle, den der Bäcker hinaufschickte, war ein lustiger Kerl, der sich nicht leicht vor etwas fürchtete.
„Ich muss wissen“, sagte der Bäckermeister zu ihm, „ob es da oben wirklich spukt. Denn wenn alles nur Einbildung ist und wenn es der Wind war, der an den Fenstern rüttelt und mit Türen schmeißt, werden auch wieder Leute hinaufziehen. Dir wird man glauben, wenn du bezeugen kannst, dass es in meinem Schloss keine Schlossgespenster gibt. Denn du bist ein kluger Bursch.“
„Ich hätte gern da oben eine Kammer für mich allein!“, sagte der Bäckergeselle. „Die möchte ich zum Lohn dafür, dass

ich die Nacht oben verbringe." Dieser Geselle hatte gern seine Ruhe, um zu lesen. Er las nämlich für sein Leben gern. In der gemeinsamen Kammer aber störten ihn immer die andern.
Der Bäckermeister wusste das und sagte ihm den gewünschten Lohn zu. Dann gab er dem Burschen Brot und ein großes Stück Suppenfleisch zum Mitnehmen.
Der Geselle packte sein Buch dazu und ging zum Schloss hinauf. Dort angekommen, ging er gleich in die Küche, machte Feuer im Herd, stellte Wasser zu, tat das Fleisch hinein, setzte sich daneben hin und wartete, bis die Suppe fertig sein würde. Und fing an zu lesen.
Als er ein paar Stunden gelesen hatte, war es Mitternacht.
Auf einmal polterte es, und auf dem Boden neben dem Herd lag ein großer Totenknochen.
„Da hat einer sein Bein verloren", sagte der Bäckergeselle, schürte das Feuer und

setzte sich wieder zum Lesen an sein Buch.
Platsch – da kam das zweite Bein von der Decke herunter und legte sich neben das erste. Und dann, platsch, folgte der Rumpf.
„Das schaut schon aus wie ein halbes Gespenst“, sagte der Bäckergeselle. „Bin neugierig, was jetzt kommt.“
Plopp, plopp, kamen die Arme herunter.
„Ordnung muss sein!“, sagte der Bäckergeselle, ging hin und legte alle Knochen ordentlich zurecht. „Hoffentlich kommt jetzt auch bald der Kopf“, sagte er. „Dann ist das Gespenst fertig!“
Da kam ein Totenkopf geplumpst und gerollt, und der Bursch legte auch den ordentlich dorthin, wohin er gehörte.
„Brav, brav“, sagte das Gespenst und stand auf. „Aber was macht ein Bäckergeselle in meinem Schloss?“
„Alle guten Geister loben Gott, den Herrn!“, rief der Bursch.

„Klar“, sagte das Gespenst. „Tu ich auch.“ Und dann redete es weiter: „Hast du keine Angst vor mir?“
„Warum denn?“, sagte der Bursch. „Ich hab dir doch nichts getan.“
„Dann komm!“, sagte der Schlossgeist, und der Bursch ging mit. Das Gespenst führte den jungen Bäckergesellen in den Keller, gab ihm einen Schlüssel und deutete auf das Schloss an einer Tür.
„Mach dir die Tür selber auf, ich hab sie nicht zugesperrt“, sagte der Bursch.
„Richtig“, sagte das Gespenst und sperrte die Tür selber auf. Hinter der Tür war ein Saal, schöner und kostbarer, als einer so was träumen kann. Die Wände glitzerten von Gold und Diamanten.
Und überall standen Kostbarkeiten herum, goldene Geschirre, und die Wände standen voller Bücher in goldenen Einbänden.
„Nimm dir doch was!“, sagte das Gespenst.

Der Bursch aber schüttelte den Kopf und sagte: „Ich hab nichts hergetragen, also trag ich auch nichts weg."
Nun führte das Gespenst den Bäckergesellen durch einen langen Gang und um viele Ecken und dann in einen Garten hinaus, der sah aus, als wäre er beinah das Paradies.
„Los", sagte der Geist. „Wenn du jetzt nicht tust, was ich dir anschaffe, so bist du weg und hin. Los, grab ihn aus!"
„Ich hab nichts eingegraben, warum soll ich was ausgraben!", antwortete der Bursch. „Grabs dir selber aus. Was ist es überhaupt?"
„Der Schatz im Kupferkessel", sagte das Gespenst zornig. „Ich werd dich gleich beißen, wenn du nicht tust, was ich will."
Aber es fing doch selber an zu graben und grub einen Kessel voller Gold aus.
„Den holst aber jetzt du heraus!", sagte das Gespenst und klapperte bissig mit den Zähnen.

Der Bursch schüttelte nur den Kopf. Da holte der Schlossgeist den gefüllten Kessel heraus, stellte ihn neben das Loch und sagte: „Aber verteilen wirst du es jetzt, das Gold!"
„Ich habs nicht verdient, werd ichs auch nicht verteilen", sagte der Bäckergeselle. Da teilte das Gespenst den Schatz in drei Teile und sagte: „Ein Teil gehört den Armen, einer dem Pfarrer und einer dir. Und jetzt gib mir die Hand. Die wirst du mir doch wohl geben, wenn du mich schon erlöst hast."
Der Bursch wollte dem Gespenst schon die Hand reichen, dann gab er ihm aber doch lieber nur einen Zipfel von seinem Taschentuch. Und gut wars. Denn der erlöste Schlossgeist war ganz heiß vor Glückseligkeit. Er griff nach dem Taschentuchzipfel und war im nächsten Augenblick verschwunden.
Der junge Bäckergeselle aber hielt das Taschentuch in der Hand und starrte

darauf. Die Gespensterhand war so heiß gewesen, dass ihr Abdruck sich in das Tuch eingebrannt hatte. Als er sich nach dem Gespenst umsah, merkte er erst, dass es ganz ohne Gepolter verschwunden war, nur die Luft war ein bisschen wärmer als sonst. Und vor ihm lagen die drei Haufen Gold.
Er hat sie mitgenommen und verteilt, wie der Schlossgeist es gewünscht hatte. Seither gab es kein Gepolter und Gespenstere mehr im Schloss, und der Bäckermeister konnte die Räume dort unbesorgt vermieten.

Die Rache des Rattenfängers
Niederösterreich

Ein Denkmal vor dem Rathaus von Korneuburg erinnert an das schreckliche Unglück, das einmal über die Stadt hereingebrochen ist. Damals hat ein Rattenfänger fast alle Kinder der Stadt auf ein Schiff gelockt und ist mit ihnen die Donau hinuntergefahren, und die Kinder sind niemals wiedergekommen.

Zu jener Zeit gab es dort, wo viele Menschen wohnten, immer eine Menge Ratten. In Korneuburg war das nicht anders als in andern Städten und Dörfern: Es gab keine Kanäle und keine Müllabfuhr. Die Leute warfen ihren Mist, auch die Küchenabfälle und Essensreste, einfach auf die Straßen. Die Müllberge lockten die Ratten an.

Aber die begnügten sich nicht mit dem, was die Menschen fortwarfen. Sie zogen

auch in Küchen und Speisekammern und ließen sich nicht vertreiben.
Einmal, als die Rattenplage besonders groß war, kam ein wandernder Flötenspieler in die Gegend von Korneuburg. Er war müde und hungrig und setzte sich am Wegrand nieder.
Da kam einer gegangen, der hatte auch eine Flöte in seinem Gürtel stecken. Es war der Teufel, der wieder einmal auf Seelenfang war.
„He, Kamerad, du siehst ja halb verhungert aus", sagte er zu dem Musikanten. „Und nach Geld stinkst du auch nicht!"
„Ich bin sehr hungrig", antwortete der Musikant, der nicht merkte, wer da vor ihm stand. „Hast du vielleicht ein Stück Brot für mich?"
„Mehr als eines", antwortete der andere. „Und Braten noch dazu und Wein, so viel du willst." Er steckte die Hand in seine Tasche, und als er sie wieder herauszog

und öffnete, lagen darin drei goldene Taler.
„Die hab ich als Rattenfänger verdient“, sagte er, nahm seine Flöte und blies ein paar kaum hörbare Töne. Da kamen Ratten dahergerannt. Sie umringten den Spieler und stellten sich auf ihre Hinterbeinchen, als wollten sie gleich zu tanzen anfangen. Nun blies der Rattenfänger einen einzigen lauten Ton, und alle Ratten sprangen davon.
„Siehst du die Stadt dort?“, fragte der Teufel den Musikanten. „Sie heißt Korneuburg und ist voller Ratten. Geh ins Rathaus und biete dem Bürgermeister deine Dienste an. Dann rufst du alle Ratten von Korneuburg mit deiner Flöte aus ihren Löchern und lockst sie in die Donau. Sie schwimmen dann bis ans Ende der Welt und kommen nie wieder. Und du gehst zurück ins Rathaus und verlangst vom Bürgermeister drei Goldtaler. So einfach ist das.“

Nach diesen Worten des Teufels konnte der hungrige Musikant an nichts anderes mehr denken als an die drei Goldtaler. Er sprang auf und rannte nach Korneuburg hinunter und bot dem Bürgermeister seine Dienste an.
„Ihr kommt wie gerufen, Rattenfänger", sagte der Bürgermeister. „Dieses Jahr ist es besonders schlimm mit den Ratten. Es waren schon mehrere von Eurer Zunft bei uns und haben Rattengift gestreut, aber das Gift hilft nicht lange."
„Ich habe ein besseres Mittel", antwortete der Rattenfänger. „Wenn ich die Ratten einmal vertrieben habe, kommen sie nie wieder."
„Gut", antwortete der Bürgermeister. „Macht Eure Arbeit, und wenn sie zu unserer Zufriedenheit ausfällt, sollt Ihr Euren Lohn erhalten."
Der Musikant wanderte durch alle Gassen und Gässchen von Korneuburg. Er hatte seine Flöte an die Lippen gesetzt

und blies darauf leise die kaum hörbare Melodie, die er von dem andern gehört hatte. Und wohin er kam, aus jedem Haus, aus jedem Stall, hüpften Ratten hervor und liefen hinter ihm her.
Und als er sicher war, dass alle Ratten von Korneuburg ihm folgten, schritt er zur Donau hinunter. Dort watete er ins Wasser und blies und blies auf seiner Flöte und alle Ratten folgten ihm.
Und die Donau riss sie mit sich.
Der Musikant stieg ans Ufer und ging zurück zum Bürgermeister.
„Habt Ihr alle Ratten vertrieben?“, fragte der Bürgermeister.
„Alle“, sagte der Musikant. „Die schwimmen in der Donau bis ans Ende der Welt.“
„Gut“, antwortete der Bürgermeister. „Ihr sollt Euren Lohn haben!“
„Ich kriege drei Goldtaler“, sagte der Musikant.
„Werdet nicht frech“, sagte der

Bürgermeister und zählte ein paar Kupfergroschen auf den Tisch.
„Ihr bekommt, was jeder andere Rattenfänger bekommt. Steckt Euer Geld ein und macht, dass Ihr wegkommt, sonst rufe ich die Stadtwache und lasse Euch ins Gefängnis stecken!"
Vor Schreck ließ der Musikant die Kupfergroschen liegen und rannte fort, als wäre die Stadtwache schon hinter ihm her. Er lief zur Donau und setzte sich erschöpft am Ufer nieder. Sein Magen knurrte.
Da ging hinter ihm einer vorbei und sagte: „Dafür musst du dich rächen."
Der Musikant wandte sich erschrocken um.
Da stand der, der ihm das Kunststück mit den Ratten vorgeführt und auf dessen Rat er vom Bürgermeister Gold gefordert hatte, und er wusste plötzlich, wer das war.
Der Teufel grinste hämisch. Da schrie der

Musikant mit einer Stimme, die er an sich selbst nicht kannte: „Jawohl! Ich werde mich rächen! Ich werde die Ratten nach Korneuburg zurückholen."
Schon setzte er die Flöte an die Lippen und wollte hineinblasen, da sagte der Teufel: „Die Ratten kann keiner mehr zurückholen. Auch du mit deiner Flöte nicht!"
Da nahm der Musikant zornig seine Flöte und zerbrach sie und warf die Stücke in die Donau.
„Sehr gut!", sprach der Teufel. „Jetzt kann nur mehr ich dir bei deiner Rache helfen." Seine Teufelsflöte war plötzlich aus Gold und er sagte zu dem Musikanten: „Nimm die!"
Wenn der Teufel freundlich wird, will er bestimmt eine Seele dafür, dachte der Musikant und er sagte zum Teufel: „Meine Seele kriegst du nicht!"
„Wir wollen uns einen Spaß mit dem Bürgermeister machen", sprach der

Teufel weiter, „weil er dir zum Undank für deine ehrlichen Dienste mit dem Gefängnis gedroht hat und du deswegen vor Schreck um dein Kupfergeld gekommen bist."

Neben dem Teufel stand auf einmal ein bunter Sack. Daraus zog er nun ein samtenes rotes Wams und seidene Hosen und eine Samtmütze mit großen Reiherfedern und sagte: „Wenn du das anziehst und mit der goldenen Flöte durch die Stadt wanderst und schöne alte Kinderlieder spielst, werden dir nicht die Ratten nachlaufen, sondern alle Kinder von Korneuburg.

Und jetzt schau dort hin", sprach der Teufel weiter und zeigte auf die Donau. Dort kam ein prächtiges Schiff gefahren, das mit vielen bunten Wimpeln geschmückt war.

„Auf dieses Schiff lockst du die Kinder und fährst mit ihnen die Donau hinunter. Für die Kinder muss der Bürgermeister

dir Lösegeld zahlen. Dann bist du reich. Wenn du das Geld hast, kannst du die Kinderchen ja wieder zurückbringen!", sagte der Teufel. „Erst wenn der Bürgermeister nicht bezahlt, fährst du mit den Kindern ans Ende der Welt. Dort verkaufst du sie auf dem Sklavenmarkt. Dann wirst du noch viel reicher. Freilich, für diesen guten Rat muss ich deine Seele verlangen."
„Ich bin ein Flötenspieler", sagte der Musikant. „Kein Kinderverkäufer!"
„Willst du lieber verhungern?", fragte der Teufel höhnisch. „Du hast ja keine Flöte mehr! Womit willst du dir denn dein Hungerbrot verdienen?"
„Auf jedem Weidenbaum hängen tausend Flöten", antwortete der Musikant. Er war auf einmal sehr vergnügt. „Ich werde mir aus einem Weidenzweig eine neue Flöte schnitzen!", sagte er, winkte dem Teufel und ging davon.

Der Teufel glühte vor Zorn. Er verfluchte den Musikanten und beschloss, sich an ihm zu rächen.
Wenn er schon dessen Seele nicht haben konnte, so wollte er ihm wenigstens ein böses Andenken in der Stadt Korneuburg verschaffen. Er nahm die Gestalt des Musikanten an, schlüpfte in das rotsamtene Wams und die seidenen Hosen, setzte das prunkvolle Barett auf den Kopf und ging nach Korneuburg.
Dort blies er auf der goldenen Flöte die schönsten der alten Kinderlieder.
Alle Kinder Korneuburgs folgten ihm auf das bunt geschmückte Schiff und er entführte sie ans Ende der Welt. Nur ein kleines Mädchen, das die Lieder nicht hatte hören können, weil es taub war, und ein kleiner Junge, der noch schnell hatte sein Jäckchen holen wollen, blieben zurück. Alle anderen Kinder kamen nicht wieder.

Der Regenbogen bei Linz
Oberösterreich

Die Donaunixen, die bei ihrem Vater, dem Donaufürsten, auf dem Grund des Donaustroms wohnen, tauchen immer wieder an den verschiedensten Orten auf. Manche sitzen auf Felsen mitten im Strom und singen. Viele locken Menschen an, ziehen sie hinunter auf den Flussgrund und lassen sie nicht wieder auf die Erde zurückkehren.
Oft warnen Nixen die Schiffer und Fischer vor Klippen und Strudeln, und auch vor Hochwasser und vor den gefährlichen Eisblöcken, die sich bei Tauwetter die Donau hinunter schieben.
Überall an beiden Ufern des Stroms haben die Menschen schon Nixen gesehen und davon erzählt.
Einmal geschah in der Gegend von Linz etwas Seltsames. Da stiegen eines Abends gleich drei Nixen aus dem

Wasser. Sie waren mit Algen und Tang behängt, und im Mondschein sah das aus, als trügen sie Festgewänder, die silbrig schimmerten. Sie waren schon öfter am Donauufer erschienen.
Die drei wunderschönen Nixenmädchen hatten Wasserblumen im Haar und Perlen und klimpernde Muschelkettchen um den Hals. Und weil sie so lange Gewänder trugen, konnte man ihren Fischschwanz nicht sehen und sie für Menschenmädchen halten.
Immer wenn die Nixen heraufgestiegen kamen, blieben sie ein Weilchen am Ufer stehen und lauschten, ob irgendwo in der Nähe Tanzmusik zu hören wäre. Und wenn sie Tanzmusik hörten, huschten sie dorthin und tanzten mit den jungen Fischern und den Bauernburschen, die zum Kirtagsfest oder sonst einem Fest gekommen waren.
Kurz vor Mitternacht schlüpften die Nixen wieder davon und schwammen

in ihr Reich zu ihrem Vater zurück. Sie mussten pünktlich heimkommen, denn der Donaufürst war ein strenger Vater, der seine Töchter, wenn sie zu spät heimkamen, so unbarmherzig schlug, dass die ganze Donau brodelte.
Als die drei Nixenmädchen eines Abends zum Tanzen kamen, waren da drei Burschen, in die sie sich heftig verliebten. Und auch die Burschen wollten mit keinen anderen Mädchen mehr tanzen, nicht einmal mit ihren Bräuten.
Als die drei Bräute dies merkten, wurden sie zornig und sagten zueinander: „Unsere Bräutigame tanzen immer nur mit diesen fremden Mädchen! Die haben unsere Burschen verhext!"
Und sie liefen zum Bürgermeister und zeigten die drei fremden Mädchen als Hexen an.
Der Bürgermeister ließ die drei Nixen einsperren. Sie sollten gleich am nächsten Tag vor Gericht gestellt und

danach auf dem Scheiterhaufen verbrannt werden. Es war eine Zeit, in der im ganzen Land Hexen verbrannt wurden. Also wurden die drei Wassermädchen am nächsten Morgen auf den Scheiterhaufen gebracht, und der Scheiterhaufen wurde angezündet.
Die drei Nixen umklammerten einander und weinten. Sie fürchteten sich vor dem Feuer. Und weil das Feuer so heiß war, vertrockneten ihre Gewänder aus Algen und Tang und fielen von ihnen ab, und nun sahen die Leute, dass die drei Mädchen silbrige Fischschwänze hatten statt der Beine. Sie johlten und lachten über die Nixen, die sie für Hexen gehalten hatten.
Die armen Nixen aber zitterten vor Angst, weil die Flammen immer näher kamen.
Da rauschte die Donau plötzlich, wie sie selten rauscht, und in der Mitte des Stroms tauchte ein riesiger Fisch auf.

Der Fisch wandte sich dem Feuer zu und spuckte einen riesigen Wasserbogen gegen den brennenden Scheiterhaufen. Sofort erloschen die Flammen. Die Zuschauer vermochten sich nicht zu rühren vor Schreck. Die Nixenmädchen aber kicherten schon wieder, stiegen von dem nassen Scheiterhaufen herab und wanderten über den Wasserbogen, der in allen Farben des Regenbogens schimmerte, zurück in die Donau.

Geheimnisvolle Wesen

In den Gruselsagen in diesem Buch kommen viele verschiedene geheimnisvolle Wesen vor. Trage in diese Mindmap alle Wesen ein, an die du dich erinnern kannst. Male die Felder mit den **guten Wesen gelb** an, die mit den **bösen Wesen grau**.

LESE-PROFI WERDEN
Spiel & Spaß

Socken-Gespenst

Bastle doch dein eigenes Gespenst!
Du brauchst dazu eine weiße Socke, etwas Watte, Wackelaugen, etwas Wolle und Filzstifte

Stopfe den vorderen Teil der Socke mit Watte aus – das wird der Kopf des Gespenstes. Mache nun unterhalb des ausgestopften Teiles mithilfe eines Wollfadens einen Knoten samt Masche, damit die Watte nicht herausrutschen kann. Dein Gespenst trägt nun eine „Fliege". Klebe die Wackelaugen auf den Kopf des Gespenstes – du kannst die Augen aber auch aufmalen oder Holzperlen verwenden, wenn du keine Wackelaugen hast. Male deinem Gespenst nun einen Mund! Wenn du dein Gespenst aufhängen möchtest, kannst du das mit einem weiteren Wollfaden, den du ebenfalls um den Hals des Gespenstes befestigst, tun!

LESE-PROFI WERDEN
Spiel & Spaß

Ein freundlicher Geist

Die Geister, die in den Sagen in diesem Buch vorkommen, sind fast alle so gruselig, dass man ihnen lieber nicht begegnen möchte. Aber es gibt doch sicher auch lustige, freundliche Geister, meinst du nicht auch? Male hier, in diesen Rahmen, einen Geist, den man gerne kennenlernen würde. Gib ihm auch einen Namen!

Buchstabensalat

Die Sagen in diesem Buch stammen aus verschiedenen Bundesländern. In dem Buchstabensalat unten verstecken sich die Landeshauptstädte einiger dieser Bundesländer. Findest du alle fünf? Schreibe sie unten auf die Zeilen!
Achtung: Es kann sein, dass ein Buchstabe für mehrere Hauptstädte gebraucht wird!

H	U	W	P	H	B	G	S	S	U
L	I	N	N	S	B	R	U	C	K
I	E	O	N	Y	A	A	T	I	A
N	R	L	V	G	R	Z	U	D	Z
Z	S	L	S	A	D	O	J	E	V
S	M	I	E	B	K	W	I	E	N
S	A	L	Z	B	U	R	G	S	I
E	M	A	G	K	T	H	E	B	M

LESE-PROFI WERDEN

G&G PISAbibliothek

Für die 3. Klasse Volksschule bisher in der PISAbibliothek erschien

Stefan Karch

Verknallt im All

Nil hat einen verrückten Freund, den intergalaktischen, belebten Socken Knut. So ein Oberküsserknut tut gut, wenn die Liebe wie der Blitz einschlägt und man knapp davor ist, selbst ein Mädchen zu küssen.

978-3-7074-1404-2

96 Seiten, durchgehend farbig illustriert von Stefan Karch

Ulrike Motschiunig

Der geheimnisvolle Wunsch

„Wenn man eine Sternschnuppe sieht, darf man sich was wünschen“, meint Oma Frieda. Aber bald freut sich Felix gar nicht mehr, dass sein geheimnisvoller Wunsch offenbar in Erfüllung geht ...

978-3-7074-1405-9

80 Seiten, durchgehend farbig illustriert von Antje Bohnstedt

---

Christine Rettl

Ein Pony für Mia

Mia liebt Tiere – Katzen, Vögel, Schmetterlinge ... Nicht einmal vor Vogelspinnen fürchtet sie sich! Nur vor Pferden hat Mia schrecklich Angst. Das darf die pferdebegeisterte Lena, ihre neue beste Freundin, keinesfalls merken ...

978-3-7074-1406-6

80 Seiten, durchgehend farbig illustriert von Angela Picha

Die G&G PISAbibliothek bietet von der 2. bis zur 4. Klasse spannenden, lustigen Lesestoff, der den altersgemäßen Interessen der Kinder entspricht.

- **Spiel- und Spaß-Seiten** in jedem Buch fördern die Lesemotivation
- **Unterrichts- und Testmaterial** zu jedem Buch zum Gratis-Download im Internet unter **www.ggverlag.at**